ARLEQUIN,

CALIFE DE BAGDAD,

OU

LA SUITE D'ARLEQUIN,

ESCLAVE A BAGDAD.

Comédie en prose et en deux actes, mêlée de danses et de musique.

Par T..... VALLIER, Auteur d'*Arlequin, esclave à Bagdad*, et autres.

A RHEIMS,

Chez BRIGOT, Imprimeur-Libraire, rue de Vesle, N.o 192.

AN VIII.

PERSONNAGES.

AROUN AL-RASCHIR, Calife de Bagdad.
HASSAN, Grand Visir.
MESROUR, Chef des Eunuques.
ARLEQUIN, sous le nom d'Abdalla.
FATME, } Favorites du Calife.
ZELIME, }
ZIRZA, Française.
Troupe de Femmes du Sérail.
Gardes et Noirs.

La Scene se passe à Bagdad, dans le Palais du Calife.

ARLEQUIN,

CALIFE DE BAGDAD.

ACTE PREMIER.

(Le Théâtre représente l'intérieur d'un Palais richement meublé. Au milieu, on voit un trône; sur la droite de l'Acteur, un cabinet; sur la gauche, un sopha. Au fond, une grande porte fermée par des rideaux cramoisis.)

SCENE PREMIERE.

LE CALIFE, HASSAN.

LE CALIFE.

Oui, Visir, tel est mon projet : je véux connaître l'homme dans tous les états de la vie. J'ai vu Addalla, esclave; je l'ai trouvé, dans cette condition, bon, franc, humain, généreux, tel enfin qu'un honnête homme doit être; je veux voir ce qu'il sera, revêtu de l'autorité suprême.

N°. 1. AIR *du vaudeville de l'Opéra comique.*

Je veux lui donner le moyen
De faire, au gré de son envie,
Pendant douze heures, plus de bien
Qu'il n'en fit jamais de sa vie.
Il est sensible, généreux;
Il connaît l'affreuse indigence :
Je veux voir si les malheureux
Auront part à sa bienfaisance.

Je prétends que dans ce Palais,
Le front couvert du diadême,
S'il parle de guerre ou de paix,
On l'écoute comme moi-même.
Je veux, s'il rend un jugement,
Soit qu'il pardonne, ou qu'il punisse,
Qu'à ses ordres, dans le moment,
Avec respect on obéisse.

HASSAN.

Quoi ! Seigneur, vous voulez qu'un malheureux, tiré de la fange et de la poussiere, souille le trône de vos ancêtres ? qu'il pénétre dans l'intérieur de votre sérail ? Abdalla est bon; je n'oublierai jamais ce qu'il a fait pour moi, mais je crains que l'éclat des richesses ne lui tourne la tête.

N.° 2. AIR : *Lui jette de la poudre aux yeux.*

Tel on a vu dans l'indigence
Etre sensible et généreux,

Devient souvent, dans l'opulence,
L'ennemi des vrais malheureux.
Le parvenu se désespere,
Quand le pauvre le reconnaît :
Plus d'un a méconnu son pere
Que la misere accompagnait. (*bis.*)

LE CALIFE. (*Même air.*)

L'homme aveuglé par la fortune,
S'il possede encore un bon cœur,
Quoique d'une classe commune,
Ne fera rien contre l'honneur.
Il pourra se laisser surprendre
Par tout ce qui séduit les yeux;
Mais, tôt ou tard, il saura rendre
Justice à tous les malheureux. (*bis.*)

HASSAN.

Il est vrai qu'un bon cœur ne se dément jamais, dans telle situation qu'il se trouve. Que votre hautesse daigne donc m'instruire de ce que je dois faire.

LE CALIFE.

Le voici : demain est le jour fixé pour le départ d'Abdalla et de Zirza. Le Capitaine qui doit les conduire en France, a reçu des ordres pour ne mettre à la voile que dans trois jours. Je veux, pendant ce délai, m'amuser et m'instruire : je veux enfin qu'Abdalla me remplace, et qu'il tienne, pendant douze heures seulement, les rênes du Gouvernement. J'ai donné ordre à Mesrour..... Mais le voici....

SCENE II.

MESROUR, HASSAN, LE CALIFE.

LE CALIFE (à Mesrour.)

Eh bien ?....

MESROUR.

Commandeur des croyans, vous êtes obéi. Jourgis que j'ai chargé de votre part d'aller chez Abdalla, lui a fait prendre adroitement le breuvage que j'avais préparé ; il a produit l'effet que nous en attendions : un sommeil profond s'est emparé de ses sens ; Jourgis a profité de son assoupissement pour lui mettre, ainsi que vous l'avez ordonné, un de vos plus riches vêtemens, Tout est prêt ; on l'apporte en ces lieux.

LE CALIFE.

Mes femmes sont-elles prévenues de ce qu'elles doivent faire ?

MESROUR.

Oui, Seigneur.

LE CALIFE.

Bon. Fais-les venir dans ce salon. Je veux qu'elles soient présentes à son réveil. De ce cabinet j'observerai tout, et saurai punir ceux ou celles qui n'obéiront pas à mes ordres. *(Le Calife sort par la porte du cabinet, Hassan par une porte à gauche de l'acteur.)*

SCENE III.

Mesrour, Arléquin endormi, Zélime, Fatmé, Troupes d'esclaves, Femmes du Sérail.

(Arlequin est porté par quatre Noirs qui le posent sur le trône. Il est vêtu magnifiquement. Dès qu'il est placé, les Noirs se retirent. Mesrour frappe dans ses mains. On voit entrer les femmes qui, au son des instrumens, viennent se placer autour du trône.)

ZÉLIME.

N.º 3. AIR :

. . Chantons l'amour et ses charmes ;
Il regne sur tous les cœurs :
Tout doit lui rendre les armes,
Tout prend part à ses faveurs.
(Les Femmes reprennent en chœur.)
Chantons l'amour, etc.

ARLEQUIN *(endormi.)*

Voilà encore les femmes de mon voisin, le cordonnier, qui font leur sabat.

FATMÉ.

Le petit Dieu de Cithere
Nous fit toutes pour charmer ;
Mais c'est peu de savoir plaire,
Tout nous dit qu'il faut aimer.

Chœur.

Mais c'est peu de savoir plaire, etc.

ARLEQUIN, *(toujours endormi.)*

Maudites chanteuses ! elles ne me laisseront point dormir !

ZÉLIME.

Les oiseaux dans leur ramage,
Chantent l'amour et ses feux ;
Et le papillon volage,
Dans ses transports amoureux,
Caresse sous le feuillage
La rose, objet de ses vœux.

(*Les femmes reprennent en chœur.*)

Chantons l'amour et ses charmes, etc.

ARLEQUIN *(après le Chœur.)*

Parbleu ! voilà un beau rêve que je fais là ! (Il regarde avec surprise tout ce qui l'environne ; il touche ses habits et se frotte les yeux.) Il me semble pourtant que je ne dors pas. (Il se leve ; toutes les femmes se prosternent.) C'est singulier ! (Il s'assied ;

les femmes se relevent.) Que diable tout cela veut-il dire ? (Il appelle une des femmes.) Ecoutez donc, la belle ? comme j'ignore si je dors ou si je veille, faites-moi le plaisir de me mordre le petit doigt. (Elle le mord.) Haïe ! haïe ! haïe ! Sango-démi ! comme vous y allez ! Peu s'en est fallu que vous n'ayez emporté le morceau.

SCENE IV.

(Une troupe de danseurs et de danseuses entrent et forment un ballet.)

ARLEQUIN, (après la danse.)

Allons, c'est fini, je ne dors pas. Mais faites-moi le plaisir, messieurs les Génies, et mesdames les Fées, de me dire où je suis.

MESROUR.

Nous ne sommes point des Génies ; ces dames ne sont point des Fées, et vous êtes dans votre palais.

ARLEQUIN.

Dans mon palais ! allons donc, vous voulez rire.

MESROUR.

Je sais trop le respect que je dois à

Monseigneur et Maître, pour me rien permettre qui puisse l'offenser.

ARLEQUIN.

Oh ! ça ne m'offense pas du tout.... Mais parlons sérieusement : dites-moi, comment suis-je ici, et pour qui me prenez-vous ?

MESROUR.

Pour ce que vous êtes, pour le Grand Aroun Al-Raschir, Calife de Bagdad. Hier, après le Conseil qui a duré une partie de la nuit, vous vous êtes endormi à la place où vous voilà. La crainte de vous déranger nous a fait attendre en silence l'instant de votre réveil.

ARLEQUIN, (*descendant du trône.*)

Ce que vous me dites-là m'étonne de plus en plus, car je me souviens très-bien qu'hier au soir, j'ai préparé tout ce qui nous est nécessaire pour la route que nous devons faire, Zirza et moi ; ensuite je me suis mis au lit, après avoir bu un verre de sorbet avec un esclave que le Calife m'a envoyé, chargé d'une bourse de mille pieces d'or, dont sa hautesse m'a fait présent. Ainsi vous voyez bien que vous êtes un menteur. C'est un tour que vous voulez me jouer, pour que le vaisseau parte sans moi, et m'obliger, par ce moyen, à faire la route à pied; mais il n'en sera rien, et si l'on ne m'ouvre la porte à l'instant même, je vais faire un train d'enfer.

FATMÉ.

Sans doute votre hautesse veut éprouver ses fideles esclaves; mais nous savons trop ce que nous vous devons, pour ne pas respecter vos ordres.... Ordonnez, et vous serez obéi.

ARLEQUIN, *(à part, à Mesrour.)*

Dis-moi, mon ami, quelle est cette jolie femme-là?

MESROUR.

C'est une des premieres femmes de votre Sérail.

ARLEQUIN, *(désignant Zéline.)*

Et cette autre que voilà?

MESROUR.

Elle est, ainsi que la premiere, une des Sultanes favorites de votre hautesse.

ARLEQUIN.

Elle est fort jolie.... Et toutes ces charmantes filles qui viennent de chanter et de danser si joliment, sont-elles aussi mes favorites?

MESROUR.

Toutes aspirent à ce sublime bonheur.

N.º 4. AIR : *En tout point le sort me seconde.*

Vous servir, vous aimer, vous plaire,
C'est où se bornent tous leurs vœux :
Heureuses de vous satisfaire,
Toutes voudraient vous rendre heureux.
Mais, hélas! de toutes ces belles,
Aucune n'a su vous charmer;
Jamais l'amour n'a pu pour elles
Un seul instant vous enflammer.

ARLEQUIN.

Cela n'est pas étonnant.

Même Air.

Aimer une femme jolie,
Quand on est bien sûr de son cœur;
Avec elle passer sa vie :
Voilà, je crois, le vrai bonheur.
Mais calmer la flamme amoureuse
De toutes celles que je vois,
Pour mon ardeur peu vigoureuse,
C'est trop d'affaires à-la-fois.

MESROUR.

Leur emploi, dans ce palais, est de prévenir vos goûts, de charmer vos loisirs. Heureuses, lorsque par fois votre hautesse daigne jetter sur une d'elles un regard de bonté !

ARLEQUIN.

Elles sont fort honnêtes... Et combien sont-elles qui aspirent au suprême bonheur de me plaire ?

MESROUR.

Cinq cents.

ARLEQUIN.

Cinq cents ! Miséricorde !

MESROUR.

C'est moi qui suis chargé de veiller sur leur conduite ; et vous savez, Seigneur, avec quel zele je m'en acquitte.

ARLEQUIN.

Quoi ! c'est toi qui est chargé de gouverner toutes ces femmes-là ?

MESROUR.

Oui, Seigneur.

ARLEQUIN.

Ah ! mon pauvre ami, que je te plains !

N.° 5. AIR : *Il faut des Epoux assortis.*

Quoi ! cinq cents femmes en ces lieux !
Et c'est toi qui veilles sur elles ?
Tu prétends, pauvre malheureux,
Garder ainsi tant de femelles ?
Tandis que, chez nous, un mari,

Fût-il le fils de la fortune,
Pour peu qu'il ait un bon ami,
A lui seul n'en peut garder une.

Ces femmes, dis-tu, sont à moi;
Et je puis, sans craindre le blâme,
De chacune, suivant ta loi,
Couronner l'amoureuse flamme.
En fait de femmes, mon ami,
Le nombre souvent importune,
Et je connais plus d'un mari
Qui, par malheur, en ont trop d'une.

Mais finissons cette plaisanterie, et dites-moi sincerement ce que vous prétendez faire de moi; car enfin, vous n'ignorez pas que je suis.....

FATMÉ, (*l'interrompant.*)

Le grand Commandeur des Croyans, le Cousin de notre Prophete. Il faut que quelque songe fâcheux vous aie totalement ôté la mémoire.

ARLEQUIN, (*à part.*)

C'est fort singulier. Serais-je devenu Calife sans m'en appercevoir? Cependant je ne me sens guere capable de gouverner un Empire... Et pourquoi pas? Je ne serais pas le premier qui aurait fait un tel rêve... Ah ça! puisque je suis le Commandeur des Croyans, je puis faire ce que je veux, n'est-ce pas?

MESROUR.

Assurément, et vous me voyez prêt à vous obéir.

ARLEQUIN.

S'il est ainsi, je veux qu'on porte, à l'instant même, une bourse de mille pieces d'or à un certain Arlequin, surnommé Abdalla, qui demeure dans le faubourg. C'est un fort joli garçon, que je protege; et je veux lui faire du bien. *(à part.)* Nous allons voir comment il va se tirer de là.

MESROUR.

Holà ! *(un Noir paraît.)* Qu'on aille sur-le-champ chez le grand Trésorier demander une bourse de mille pieces d'or, et qu'on la porte, de la part de sa hautesse, chez le nommé Abdalla, faubourg de Bagdad. Allez.....

ARLEQUIN, *(à l'esclave qui va sortir.)*

Ecoute, écoute, mon ami. Tu trouveras dans cette maison une jeune fille, nommée Zirza; tu lui diras de ma part de venir tout-de-suite, que je veux lui parler pour une affaire très-pressée. Vas, mon ami, vas.... Ah ! écoutes-donc; si tu fais bien ma commission, quand tu seras de retour, nous boirons ensemble une bonne bouteille de vin.

(*L'esclave fait une grimace, et sort.*)

FATMÉ.

Je ne le vois que trop, j'ai perdu votre cœur ; et cette Zirza que vous redemandez avec tant d'empressement, est l'odieuse rivale que vous me préférez. Mais qu'elle tremble, qu'elle redoute ma fureur jalouse ; dussé-je périr dans des tourmens affreux, je me vengerai de ton inconstance.

N.° 6. AIR :

Oui, oui, dans ma fureur extrême,
Tremble, tremble, ce bras vengeur
Va dans ces lieux, à tes yeux même,
De ta Zirza percer le cœur.
Ce poignard que guide ma rage,
Mille fois plongé dans son sein,
N'en sortira, monstre sauvage,
Que pour aller percer le tien.
Quelle tendresse !
O douce ivresse !
Embrasse-moi,
Mon petit Roi.
Bonheur suprême !
Dieux ! que je t'aime !
Mon cher bijou !
Mon petit chou !

(*Même air que le précédent.*)

Je punirai cette traîtresse
Qui veut m'enlever mon époux ;

Et

Et pour te prouver ma tendresse ;
Elle périra sous mes coups.
Ce poignard, que guide ma rage ;
Mille fois plongé dans son sein,
N'en sortira, monstre sauvage,
Que pour aller percer le tien.

(Fatmé poursuit Arlequin, un poignard à la main. Il fait plusieurs fois le tour du théâtre, et va se cacher sous le fauteuil qui sert de trône, de maniere à ce qu'on ne lui voie que la tête, lorsqu'il souleve la draperie. Fatmé sort en riant aux éclats.)

SCENE V.

Mesrour, Zélime, Arlequin, femmes du Sérail.

ARLEQUIN, *(passant la tête sous la draperie.)*

Est-elle partie ?

MESROUR.

Oui, Seigneur.

ARLEQUIN, *(sortant de dessous le trône.)*

Ah ! mon ami, j'en reviens de loin. Cette femme est enragée. Est-elle toujours comme cela ?

MESROUR.

Point du tout. Il faut que la crainte qu'elle

a d'être supplantée par cette Zirza que vous avez envoyée chercher, lui aie troublé l'esprit.

ARLEQUIN.

J'en suis encore tout tremblant... Haïe! haïe! haïe! mon ami, fais-moi le plaisir de voir si, par hasard, je ne serais pas blessé?

MESROUR.

Qu'on aille chercher tous les Docteurs, Chirurgiens, Apothicaires de Bagdad; qu'ils viennent, à l'instant, visiter sa Hautesse.

ARLEQUIN.

Non, non, je me sens mieux; et tous vos Docteurs, pour me guérir de mes maux, pourraient bien m'envoyer dans l'autre monde.

N.° 7. AIR: *Que ne suis-je la fougère!*

Un grain de philosophie,
De la gaieté, du bon vin,
Eloignent la maladie
Beaucoup mieux qu'un médecin.
Bon vin, lorsqu'on est malade,
Nous retire d'embarras;
Médecin triste et maussade
Peut nous conduire au trépas.

Ainsi, qu'on ne me parle plus de tous ces

gens-là. *(à Zélime qui s'avance en pleurant.)* Qu'avez-vous, ma bonne amie ?

ZÉLIME, *(en sanglotant.)*

Ce que j'ai, ingrat ? Vous osez me le demander ?

ARLEQUIN.

Ingrat ! Que veut-elle dire ?

ZÉLIME, *(pleurant.)*

Je ne le vois que trop, ainsi que Fatmé, il ne me reste qu'à mourir. Vous en aimez une autre; vous m'abandonnez : Ah ! ah ! ah ! ah ! que je.... suis.... mal....heu....reuse ! je.... je.... vais.... pour.... ja....mais m'éloigner de vous.... et......

ARLEQUIN.

Ecoutez donc, ne vous en allez pas.... La pauvre petite me fait pitié.... Séchez vos pleurs.

ZÉLIME.

Cela ne se peut pas; car je suis.... (*riant aux éclats.*) ah ! ah ! ah ! ah ! ah ! ah !

ARLEQUIN.

Mais elle est folle, je crois.

ZÉLIME.

N.° 8. AIR : *Femmes voulez-vous éprouver ?*

Oui, je suis folle des plaisirs ;
J'aime le jeu, le vin, la danse :

Il faut, pour combler mes desirs,
Faire pour moi force dépense.
A boire je passe la nuit ;
D'amour j'aime les douces chaînes :
Le jour, par fois, dans mon réduit,
Je reçois amans par douzaines.

N.° 9. Air : *Un jour Guillot trouva Lisette.*

Je suis souvent capricieuse,
Sur-tout lorsque j'ai mes vapeurs;
Et je cesse d'être amoureuse,
Sitôt qu'on me dit des douceurs.
Mais je préfere à tout la danse. (*bis.*)
Dansons, ta, la, la, la, la, la;
Mais marquez donc mieux la cadence :
Le pauvre danseur que j'ai là !

(*On joue l'air :* Changez-moi cette tête. *Toutes les femmes dansent autour d'Arlequin qui fait de vains efforts pour s'arracher des bras de Zélime. Elle sort avec les femmes à la fin de ce ballet burlesque.*)

SCENE VI.

ARLEQUIN, MESROUR.

ARLEQUIN.

Haïe ! haïe ! haïe ! je suis tout disloqué... Maudite danseuse ! Et tu dis que c'est une de mes femmes favorites ?

MESROUR.

Vous l'avez toujours chérie tendrement. Il

est vrai que vous ne l'avez jamais vue dans cet état. Cette Zirza l'a si vivement émue, que cela lui a donné des vapeurs ; elle y est fort sujette ; et lorsque ce mal la prend, elle ne connait personne.

ARLEQUIN.

J'ai cru que ce mal n'était connu que des petites maîtresses de Paris.

MESROUR.

C'est une Française qui avait été femme-de-chambre chez la femme d'un fermier-général, qui nous l'a apporté. Elle avait gagné cela, dit-on, d'un conseiller qui le tenait d'une marquise à qui un jeune abbé l'avait donné... Mais ce n'est rien, et quand la crise sera passée....

ARLEQUIN.

Tu as raison ; ce n'est rien. Mais puisque c'est toi qui gouverne ces femmes-là, fais-moi le plaisir de les envoyer toutes aux petites Maisons. Mais, avant de t'occuper de cela, dis-moi, lorsqu'on est Calife, est-ce que l'on ne dine pas ?

MESROUR.

Pardonnez-moi, Seigneur ; mais il faudrait avant prononcer sur la grande affaire qui a été discutée hier à votre Conseil.

ARLEQUIN.

Le diable m'emporte si je m'en souviens !

MESROUR.

Il était question de déclarer la guerre au Roi de Perse.

ARLEQUIN.

Eh pourquoi donc ?

MESROUR.

Parce qu'il prétend avoir seul le droit de posséder le grand Eléphant blanc.

ARLEQUIN.

N'est-ce que cela ?

MESROUR.

Le cas me parait assez grave ; vous seriez obligé de faire périr celui que votre bisayeul a laissé, en mourant, dans les écuries de votre Palais.

ARLEQUIN.

Qu'on le détruise ; qu'on en détruise mille, si l'on veut, plutôt que d'exposer la vie d'un seul de mes soldats.

MESROUR.

Mais l'honneur....

ARLEQUIN.

L'honneur n'exige pas qu'on se batte pour une chimere.

N.o 10. Air :

La guerre est un fléau terrible :
Malheur à qui veut l'exciter !
Et le Legislateur sensible
Doit tout faire pour l'éviter.
Si pourtant un voisin parjure
Voulait ravager mes Etats,
Je saurais punir cette injure,
Sans le secours de mes soldats.

MESROUR.

Mais, Seigneur, comment pourriez-vous faire ?

ARLEQUIN.

Comment? Parbleu ! j'irais trouver celui qui m'aurait insulté, et....

N.o 11. *Même air.*

Je lui dirais : tu veux la guerre,
Coquin, viens te battre avec moi.
Celui qui mettra l'autre à terre,
Comme plus fort, fera la loi.
A mes pieds il demande grace,
Ou bien moi, si je suis vaincu ;
Et la paix se fait sur la place,
Sans avoir de sang répandu.

Mais, allons dîner ; et sur-tout qu'on me serve à la Française ; entends-tu, mon ami?

MESROUR.

Daignez passer dans ce salon, et à l'instant....

ARLEQUIN.

Fais en sorte, mon bon ami, que le chef de cuisine me fasse servir un bon macaroni... Je l'aime beaucoup.

MESROUR.

Je vais donner des ordres en conséquence.

ARLEQUIN.

Oui; arrange tout cela, entends-tu, mon ami? (*Ils sortent.*)

ACTE II.

SCENE PREMIERE.

(*Le Théâtre représente une salle à manger; une porte au fond, fermée par des rideaux; une autre sur la droite de l'Acteur; une troisieme à gauche, qui sert d'entrée à ceux qui viennent du dehors.*)

LE CALIFE, ZIRZA, MESROUR, HASSAN.

LE CALIFE.

Eh bien, Mesrour, que fait notre homme?

MESROUR.

Seigneur, il est maintenant à visiter votre Palais. Nous lui avons si bien persuadé que tous les trésors qu'il renferme sont à lui, qu'il commence à se croire réellement Calife.

LE CALIFE.

Et forme-t-il quelques projets?

MESROUR.

Oui, Seigneur; il s'est fait informer des noms des Officiers retirés du service: il veut récompenser ceux à qui la fortune a été contraire.

LE CALIFE.

Quelle leçon pour moi ! Hassan, je l'avoue à ma honte, cette idée ne m'est jamais venue... Qu'on lui donne tous les moyens de satisfaire son envie, et que l'on ne mette point de bornes à sa générosité... Et vous, belle Zirza, on vous a instruite de ce que vous devez faire : je suis certain que vous jouerez votre rôle à merveille, et je compte beaucoup sur votre adresse, pour persuader à Abdalla, qu'il est le maître de ce Palais, et qu'il peut y commander en Souverain.

ZIRZA.

Je sais, Seigneur, que je dois exécuter vos ordres; que vous désobéir seroit un crime que je ne pourrais expier qu'avec ma vie; mais tromper ce pauvre Abdalla....

LE CALIFE (*l'interrompant.*)

Vous ne pouvez le tromper, belle Zirza, en l'assurant que c'est lui seul que vous aimez; il s'agit seulement de feindre de ne pas le reconnaître, de tout refuser au Calife, pour accorder demain tout à Abdalla.

ZIRZA, (*souriant.*)

Ce que vous me demandez, Seigneur, est bien difficile à exécuter.

N.° 12. AIR :

Feindre de n'aimer pas
L'objet de sa tendresse;
Lui résister sans cesse,
Cela ne se peut pas.
Vouloir que l'on soit calme
Près d'un amant chéri,
C'est vouloir qu'un mari
Soit fidele à sa femme.

Il n'en est pas ainsi;
Quand d'un amour extrême
Femme jure qu'elle aime
Un vieux mari transi;
Elle sait si bien feindre,
Que le pauvre barbon,
Pour l'honneur de son nom,
Croit n'avoir rien à craindre.

Mais puisque vous le voulez, il faut bien s'y résoudre, et je vous réponds qu'Abdalla me trouvera pour le Calife la plus indifférente des femmes.

LE CALIFE.

Bon. C'est très-bien.... Toi, Hassan, vas promptement changer d'habits; fais-toi présenter sous celui d'un esclave; tu sais ce dont nous sommes convenus: je veux que la scene soit plus grave que celle de ce matin. Fatmé et Zélime ont un peu abusé de la permission que je leur avais donnée de se divertir; mais je leur pardonne en faveur du plaisir qu'elles m'ont procuré. Ne perdons pas de tems: Hassan, vas t'habiller. Vous, Zirza, on vous présentera lorsqu'il en sera tems. Toi, Mesrour, ne le quitte pas.

MESROUR.

Non, Seigneur.... Le voici qui vient de ce côté.

LE CALIFE.

Retirons-nous. (*Ils sortent tous, excepté Mesrour. Le Calife et Hassan, par la porte du fond; et Zirza par celle qui est à gauche de l'acteur.*)

SCENE II.

MESROUR, ARLEQUIN.

ARLEQUIN, *entrant par la porte à droite.*

(Dans la Coulisse.)

Cela sera très-bien comme ça. Tu mettras sur ces cotelettes une bonne sauce piquante, avec des échalottes et des cornichons; et surtout, prends bien garde à ne pas laisser brûler le macaroni, entends-tu, mon ami ? (*en entrant, à Mesrour.*) Ah ! te voilà? je viens de faire un tour à la cuisine; j'ai vu avec plaisir que la propreté y regne, et j'ai trouvé cela très-bien ; mais dis-moi, mon ami, pour qui tant de viandes et de mets différens ?

MESROUR.

Pour vous seul, Seigneur.

ARLEQUIN.

Pour moi seul ? miséricorde ! mais vous avez donc envie de m'étouffer ? Il y a là de quoi traiter tous les habitans de la ville et des fauxbourgs.

N.° 13. AIR :

Comment ! dans ces lieux tout abonde,
Tandis que la honte et la faim
Du pauvre déchire le sein ?

Qu'il gémit tout bas d'être au monde?
Allez publier, à l'instant,
Qu'aider à tous est ma deviso,
Que chez moi table est toujours mise
Pour l'honnête homme et l'indigent.

MESROUR.

Mais, Seigneur, permettez-moi de vous observer que les Grands....

ARLEQUIN.

Les Grands !... Les Grands ont-ils plus d'appétit que le laboureur, que l'artisan, que le peuple enfin, sans lequel avec tous leurs trésors, ils ne pourraient vivre ? Et faut-il, parce que tel ou tel Visir ou Pacha a cent mille pieces d'or de revenu, leur servir dans un seul repas, plus de la valeur en espece de ce qu'il faudrait pour nourrir deux ou trois bataillons ? Que leurs tables soient bien servies, j'y consens, mais sans profusion. S'ils veulent paraître avec éclat ; s'ils sont jaloux de jouir publiquement des dons de la fortune, qu'ils prennent soin de la Veuve et de l'Orphelin, qu'ils établissent des manufactures, des hopitaux; alors on dira : un tel est si riche, si riche, qu'il n'y a pas un seul pauvre dans tout le quartier qu'il habite ; et cet éloge-là sera mille fois plus flatteur, que celui que vingt gourmands pourraient faire du repas le plus splendide. Ainsi, mon bon ami, je te prie de ne me faire servir que ce que je t'ai demandé, une bonne soupe au fromage, un bouilli, des cotelettes et un macaroni.

MESROUR.

Vous serez obéi.

ARLEQUIN.

A propos, par quel hasard le chef de cuisine se trouve-t-il ici ? Il est Français, à ce qu'il m'a dit.

MESROUR.

Oui, Seigneur, c'est un de vos esclaves.

ARLEQUIN.

Comment ! esclave ? Est-ce qu'il y a encore des Français dans l'esclavage ?

MESROUR.

Assurément. D'abord le chef de cuisine ; il fut pris, ainsi que tout l'équipage, par un corsaire de votre hautesse. Le Capitaine, homme du plus grand courage, ne se rendit que lorsqu'il n'eût plus ni poudre, ni boulets à son bord.

ARLEQUIN.

Qu'on le mette en liberté.

No. 14. Air.

On doit, sur-tout aux braves gens,
Protection et récompense ;
C'est en protégeant les talens,
Qu'un Prince affermit sa puissance.
En récompensant les guerriers,
On les conduit à la victoire ;
Mais il faut payer les lauriers,
Car l'homme ne vit pas de gloire.

Quels sont les autres ?

MESROUR.

Un Capitaine de vaisseau, un Général et trois soldats. Le Général passait en Italie avec six cents hommes d'élite. Le vaisseau sur lequel ils étaient, fit naufrage. Le Capitaine fit passer dans la grande chaloupe, et dans les canots, le plus de monde qu'il lui fut possible, et resta sur son bord, avec le général et trois soldats qui ne voulurent jamais les quitter. Le navire allait s'engloutir, lorsqu'un Corsaire barbaresque, en leur sauvant la vie, les priva de leur liberté. On les achetta pour le compte de votre Hautesse; et depuis dix-huit mois, ils sont dans les fers.

ARLEQUIN.

Qu'on les délivre à l'instant même; que l'on donne mille pieces d'or au Général, quinze cents au Capitaine, et deux mille à chaque soldat, et qu'on les fasse conduire dans le premier port français.

MESROUR.

Il me semble, Seigneur, que votre générosité devrait s'étendre plus particulierement sur le Général et le Capitaine.

ARLEQUIN.

Et pourquoi cela? Le Général n'est-il pas déja trop payé par le plaisir qu'il a d'avoir sauvé de la mort et de l'esclavage de braves gens qu'il conduisait à la gloire? Et son Gouvernement manquera-t-il de récompenser une si belle action? Le Capitaine n'a fait que son devoir, en voulant rester le dernier sur son bord; mais les trois soldats qui se sont voués à une mort certaine, pour ne pas abandonner leur Général; ceux-là, dis-je, qui n'ont pour eux que la fatigue et la gloire de combattre, doivent être récompensés particulierement, ne fût-ce que pour les dédommager du malheur qu'ils ont de n'avoir pas, ainsi que leur général, l'honneur de commander de braves gens.

MESROUR.

Vous serez obéi.

ARLEQUIN.

ARLEQUIN.

Je veux les voir avant leur départ, entendez-vous ?

MESROUR.

Oui, Seigneur.... Mais voici l'esclave que vous avez envoyé chez Abdalla ; il amene Zirza.

ARLEQUIN.

Bon ! tant mieux. Fais-les entrer. Je vais revoir ma chere Zirza : Quel plaisir ! La pauvre petite ! comme elle va m'embrasser, me caresser, me....

SCENE III.

MESROUR, ARLEQUIN, L'ESCLAVE, ZIRZA.

L'ESCLAVE.

D'après les ordres de votre Hautesse, je me suis rendu au logis d'Abdalla ; je n'y ai trouvé que la belle Zirza que je vous amene, ainsi que vous me l'avez ordonné.

ARLEQUIN, *(à part.)*

Je savais bien qu'il ne me trouverait pas. *(haut, à Zirza.)* Approche, ma bonne amie, ôte ce voile, et viens m'embrasser....

(Il va pour l'embrasser. Au même instant, Zirza tombe à ses pieds, de sorte qu'au lieu d'elle, il embrasse l'esclave qui s'était approché pour ôter son voile.)

ZIRZA, *(aux pieds d'Arlequin.)*

Seigneur, je me rends à vos ordres, et profite de ce fortuné moment pour vous demander justice contre un traître, un parjure qui, au mépris de ses sermens, et comblé de vos bienfaits, est parti furtivement, et m'abandonne aux regrets et à la douleur. Ce monstre d'ingratitude, pour qui j'aurais donné ma vie, cet infâme Abdalla a disparu hier au soir, sans que j'aie pu parvenir à savoir de quel côté il a tourné ses pas. Ordonnez, Commandeur des Croyans, que l'on aille à sa poursuite; qu'il paye de sa tête l'affront qu'il me fait, et le peu de respect qu'il a pour votre personne.

ARLEQUIN, *(riant.)*

Ah! ah! ah! ah! ah! le tour est excellent; elle ne me reconnait pas. Releve-toi, ma bonne amie, rassure-toi; nous n'irons pas loin pour le retrouver, ce perfide Abdalla; car me voici. Donne-moi le bras, et retournons chez nous.

ZIRZA, (*le repoussant respectueusement.*)

Vous, Seigneur ?

ARLEQUIN.

Oui, moi-même. Ils ont voulu me faire croire que je suis le Calife; mais moi qui sais très-bien qu'il n'en est rien, je t'ai envoyé chercher, afin de les confondre. Ainsi, puisque te voilà, dis-leur bonnement ce que je suis, et partons.

ZIRZA.

Je ne leur dirais rien qu'ils ne sachent mieux que moi; et quoique je n'aie eu qu'une seule fois le sublime bonheur de vous voir chez notre maître Hassan qui, graces à vos bontés, est devenu votre Ministre, je vous reconnais très-bien pour le grand Aroun Al-Raschir, Calife de Bagdad.

ARLEQUIN.

Moi ?

ZIRZA.

Vous-même.

N.° 15. AIR :

A ce regard majestueux,
Seigneur, pourrait-on s'y méprendre ?
Ame noble, sensible et tendre
Vous fait adorer en tous lieux.

Fameux dans les champs de Bellone,
On voit en vous ce fier vainqueur
Qui voulut, au poste d'honneur,
Commander lui-même en personne.

ARLEQUIN.

Diable ! je ne me croyais pas si vaillant. J'ai l'air majestueux ? moi ? En vérité, ma bonne amie, si vous ne me l'eussiez pas dit, je ne m'en serais jamais douté. Vous me trouvez donc bien comme cela ?

ZIRZA.

Qui pourrait ne pas voir en vous le plus parfait des Mortels ?

N.° 16. *Même Air.*

La Nature a tout fait pour vous.
Votre teint, frais comme la rose,
Cet œil où la candeur repose,
Vous donne un regard fier et doux.
Les plaisirs marchent sur vos traces ;
Votre sourire est enchanteur ;
Et l'on vous prendrait, en honneur,
Pour le favori des trois Graces.

ARLEQUIN.

Oh ! oh ! ma bonne amie, cela n'est pas bien de vous moquer ainsi du pauvre Abdalla ; mais cessons ce badinage. Vous savez bien que vous m'avez promis de me donner pour toujours votre jolie petite main blanchette, sitôt que nous serions arrivés en France. Ainsi, ne perdons pas de tems. Le Capitaine nous attend pour mettre à la voile partons.

ZIRZA.

Que dites-vous, Seigneur ? Moi ! partir avec vous ? Moi ! vous donner ma main et mon cœur ? Non, jamais ; ne l'esperez pas. Vous êtes maître de mon sort, de ma vie même ; mais ne croyez pas me faire partager vos coupables ardeurs. Fidelle à mes sermens je les tiendrai. Si je ne puis trouver le parjure Abdalla, je pleurerai sa perte, j'en mourrai peut-être ; mais jusqu'au tombeau, je jure de lui conserver mon cœur et ma foi.

ARLEQUIN.

C'est très-bien ; mais écoutez-moi, ma bonne amie....

ZIRZA.

N.° 17. AIR,

Non, non, Seigneur, l'éclat du diadême
Ne peut jamais m'engager sous vos loix.
J'irai par-tout, dans ma douleur extrême,
Chercher celui dont mon cœur a fait choix.
Il n'est périls qu'à l'instant je n'affronte,
Pour retrouver mon ami, mon époux.

N'aggravez pas mon désespoir, ma honte,
En me forçant de m'unir avec vous.

ARLEQUIN.

Sango-démi, quel amour ! Je ne croyais pas être aimé de cette force-là. (*à Mesrour.*) Allons, allons, qu'on me rende ma casaque. Tenez, tenez, reprenez vos habits ; gardez vos bijoux, vos trésors, et laissez-moi sortir d'ici. Viens, ma bonne amie, ne te mets point en colere ; c'est moi, c'est Abdalla. Ils m'ont affublé comme cela, sans doute pour me faire piece. A présent, tu dois me connaître ; embrassons-nous et partons.

ZIRZA.

Cette feinte ne peut vous servir, Seigneur, permettez-moi de me retirer.

ARLEQUIN, (*voulant l'arrêter.*)

Non, je ne souffrirai pas que tu t'en ailles seule, et je veux....

ZIRZA, (*tirant un poignard de son sein.*)

Ne me retenez pas, Seigneur, ou je vais, à vos yeux même, terminer des jours qui me sont odieux loin du seul objet qui m'attache à la vie. (*Elle sort.*)

SCENE IV.

ARLEQUIN, MESROUR.

ARLEQUIN, *(voulant courir après Zirza.)*

Ecoutez donc, écoutez donc.... Elle est partie, et ne veut pas me reconnaître .... Il faut qu'on m'aie ensorcelé.

MESROUR.

Vous êtes le maître de son sort, et vous pouvez la forcer à se rendre à vos desirs.

ARLEQUIN.

La forcer? Ah! mon ami, que dis-tu là?

N.° 18. AIR :

J'aime Zirza plus que ma vie;
Et la plus petite faveur
De cette douce et tendre amie
Serait pour moi le vrai bonheur.
Mais l'obtenir par la contrainte,
Ah, mon ami, plutôt mourir!
Crois-moi, ce qu'on doit à la crainte
Ne peut jamais faire plaisir.

MESROUR.

Il faut donc vous consoler de sa perte.

ARLEQUIN.

Mon cher ami, je ne m'en consolerai jamais. *(Il pleure.)* Hi, hi, hi, hi. *(en san-*

glotant.) Heureusement que... je n'ai... pas...: pas long-tems à souffrir; car.... je suis bien sûr que le chagrin m'étouffera avant la fin de la journée.

MESROUR.

Les charmes de Zélime et de Famé effaceront de votre souvenir une ingrate qui vous outrage par ses refus.

ARLEQUIN.

Non, mon ami, jamais, jamais. Ses traits sont gravés là et là, (*montrant sa tête et son cœur.*) Ils n'en sortiront de la vie.

MESROUR.

Ne vous livrez pas au désespoir. Reprenez courage. Le tems pourra la ramener à son devoir... Mais voici votre dîner qu'on apporte. Pour calmer vos ennuis, voulez-vous que je fasse venir quelqu'une de vos femmes?

ARLEQUIN.

Non, mon bon ami; je te suis bien obligé. J'ai beaucoup de plaisir à te voir; mais fais-moi celui de t'en aller, tu m'obligeras beaucoup. Vas-t-en, vas, mon bon ami, rends-moi ce petit service-là: Je veux être seul un petit moment. (*Quatre esclaves apportent une table garnie et sortent avec Mesrour.*)

SCENE V.

ARLEQUIN, *(seul.)*

Ne pas vouloir me reconnaître ! Plus j'y réfléchis, et moins je puis comprendre d'où vient ce changement. Et cependant elle paraît m'aimer à la folie. La pauvre petite va peut-être courir le monde pour me chercher. Que je suis malheureux ! Il faut pourtant qu'il y aie quelque chose d'extraordinaire, quelque chose qui aie changé mes traits ; car enfin, malgré ces superbes habits, elle aurait reconnu ma figure. Ou j'ai rêvé, ou je rêve à présent. Suis-je le Calife, ou suis-je Arlequin ? (*Il se touche de la tête aux pieds.*) Non, c'est bien moi, et je suis très-éveillé. Allons, je vois maintenant ce que c'est ; en me changeant d'habits, on m'aura changé de figure. J'en suis fâché, car je tenais beaucoup à la mienne. C'est quelqu'enchantement ; et je soupçonne fort ce Mesrour... Oui, ce ne peut être que lui ; il aura manigancé ça avec quelque esprit familier.... Mais, à quel dessein ?... Ah ! j'y suis.... Oui.

N.° 19. AIR :

C'est sans doute quelqu'Enchanteur
Qui, pour plaire à ma douce amie,

A pris ma phisionomie,
Et veut me dérober son cœur:
Ah! reprenez, je vous conjure,
Vos habits, votre or, vos bijoux:
De regner je suis peu jaloux;
Seigneur, rendez-moi ma figure.

Que ne suis-je avec ma Zirza
Encore esclave chez mon maître!
Là, l'on aurait jamais peut-être
Méconnu le pauvre Abdalla:
Je menais une vie obscure.
Les titres ne sont rien pour moi,
Et je cede celui de Roi
A qui me rendra ma figure.

Mais la faim me talonne; et puisque je suis décidé à perdre la vie, plutôt que d'exister loin de Zirza, il y aurait de la bassesse à moi de me laisser mourir de faim, tandis que je puis trouver le trépas dans une bonne indigestion. Ainsi, mettons-nous à table et mangeons comme un diable. *(Il se met à table.)*

SCENE VI.

MESROUR, ARLEQUIN.

MESROUR.

Seigneur?

ARLEQUIN.

Je n'ai pas le tems.

MESROUR.

Pardon; mais hier, pendant le Conseil, vous donnâtes ordre au Chef de vos Gardes de s'emparer de votre ministre Hassan, de le revêtir d'un habit d'esclave, et que, chargé de fers, on le présentât aujourd'hui à vos yeux, pour prononcer définitivement sur son sort.

ARLEQUIN.

Hassan chargé de fers! et c'est moi qui en ai donné l'ordre !

MESROUR.

Oui, Seigneur.

ARLEQUIN.

Vous en avez menti, Marousle que vous êtes.

MESROUR.

Croyez, Seigneur....

ARLEQUIN.

Cela ne se peut pas, vous dis-je... à moins qu'en changeant ma figure, on aie aussi trouvé le moyen de changer mon cœur, ce qui serait encore pis... Allez, qu'on l'amene.

MESROUR.

Le voici.

SCENE VII.

Mesrour, Hassan, sous l'habit d'esclave, Arlequin, Gardes.

ARLEQUIN.

Ciel! dans quel état!... Qu'on ôte ses fers. (On ôte les fers d'Hassan.) (Aux Gardes.) Retirez-vous. (à Mesrour.) Toi, tu peux rester. Non, non, vas-t-en aussi.... Je veux lui parler seul. Vas-t-en, mon ami, vas. *(Mesrour salue et sort avec les Gardes.)*

SCENE VIII.

HASSAN, ARLEQUIN.

ARLEQUIN, *(aux pieds d'Hassan.)*

Ah mon bon, mon respectable maître! qui peut vous avoir mis dans cet état ? On vous aura dit que c'est moi; n'en croyez rien. C'est sans doute le Calife lui-même, qui, je ne sais pourquoi, m'a volé ma figure et m'a fait prendre la sienne. Mais s'il est vrai que j'aie, pour le moment, quelque pouvoir en ces lieux, reprenez la place que vous occupiez, si dignement; ou plutôt, prenez la mienne.

No. 20. Air.

Offrez au monde un prodige bien rare,
Prodige, hélas! en tous lieux méconnu;
Un Souverain, ami de la vertu,
Et qui du sang du peuple soit avare,
Se signalant par de nobles bienfaits,
Faisant du bien pour le plaisir d'en faire;
Du malheureux soulageant la misere:
Enfin, un Roi protégeant ses sujets.

Ne me refusez pas cette grace; je vous la demande à genoux.

HASSAN.

Ciel! que vois-je? vous à mes pieds, Seigneur! Ah! souffrez plutôt... (*Il veut se prosterner.*)

ARLEQUIN, (*se relevant*)

Que voulez-vous faire?

HASSAN.

Mon devoir.

ARLEQUIN, (*avec chaleur.*)

Mon ami!... Ah! pardon, si je vous traite ainsi.... Mon bon maître! quand même je serais réellement ce que je parais être, croyez-vous que je souffrirais que le mérite et la vertu se prosternassent devant l'ignardise et la stupidité?... Mais, puisque le hasard nous rassemble, venez me faire reconnaître de Zirza ; embarquons-nous, passons en France, laissons gouverner les habitans de ce pays par qui voudra : allons vivre dans un climat où le peuple n'est soumis qu'aux loix et à la justice.

HASSAN.

Votre Hautesse veut sans doute m'éprouver, en me parlant de la sorte.

ARLEQUIN.

Non, je parle vrai ; je ne suis point Calife et ne veux point l'être. Je ne veux pas d'une place que je ne suis point en état d'occuper, d'un poste que le mensonge et la défiance entourent sans cesse : vous êtes plus fait pour l'occuper que moi ; et par cette raison, je veux m'en démettre.

N.° 21. AIR :

Mon cher maître, en votre faveur
Je me démets de ma couronne :
Du peuple faites le bonheur,
Gouvernez vous-même en personne.
Vous résistez ? Ah ! je vois bien
Que, quelque chose que je fasse,
Quoique je sois homme de bien,
Je ne puis remplir cette place.

Acceptez, acceptez. Vous voyez bien que je n'ai rien de ce qu'il faut pour reguer.

HASSAN.

N'avez-vous pas un bon cœur ?

ARLEQUIN.

Je crois que oui .... Mais je sais très-bien que je n'ai pas de talent ; et pour regner, il faut avoir l'un et l'autre. Avec l'envie de faire du bien, mon bon cœur pourrait me faire faire quelque balourdise. Ceux qui commandent aux autres ne sauraient être trop instruits ; et moi, je ne sais rien, qu'aimer et obéir. Ainsi, mon cher maitre, prenez ma place ; ou si vous vous obstinez à la refuser, je la donne au premier venu.

HASSAN.

Non, Seigneur, je ne souffrirai pas...

SCENE IX.

Les Précédens, le Calife, Mesrour, Zélime, Fatmè, Zirza, Grands de la Cour, Esclaves, Gardes.

LE CALIFE.

Holà ! Gardes, qu'on se saisisse de ce téméraire, et que le plus affreux supplice...

ZIRZA.

Arrêtez, Seigneur, qu'allez-vous faire ?

LE CALIFE.

Punir un malheureux qui ose m'outrager.

ARLEQUIN (*à genoux.*)

Ah ! Seigneur, pardon, pardon, ce n'est pas moi, (*montrant Mesrour.*) c'est lui ; il m'a voulu soutenir que j'étais vous : je n'en ai rien cru, car mon cœur me disait que j'étais toujours moi-même. J'ai eu il est vrai le malheur de parler avec peu de respect de la royauté ; mais pardonnez à ma franchise.

N.° 22. AIR : *Femmes voulez-vous éprouver ?*

Si, pour dire la vérité,
Votre Esclave a pu vous déplaire,
Sans doute avec sévérité
Vous punirez ce téméraire.
Vos Sujets qui verront cela,
Diront : taisons-nous par prudence ;
Car, s'il fait périr Abdalla,
C'est que la vérité l'offense.

Sans vous aimer, chacun craindra
De devenir votre victime :
Le méchant vous applaudira,
En vous voyant commettre un crime :
L'homme de bien en gémira ;
Mais il gardera le silence,
Pourquoi ?... C'est parce qu'il saura
Que la vérité vous offense.

HASSAN.

HASSAN.

Songez, Seigneur, que vous-même avez laissé un champ libre à sa maniere d'agir et de penser.

ZIRZA.

Que vous m'avez ordonné de le traiter..... comme vous-même. Qu'a-t-il fait pour mériter votre colere ? Il a refusé un poste dont il ne s'est pas cru digne; il a préféré les vertus à vos trésors : son ame franche et sincere a déchiré le voile qui vous cachait la vérité; et vous voulez l'en punir ? Punissez-moi donc aussi; car, dès ce moment, je deviens sa complice.

LE CALIFE, (*ému.*)

Qu'entends-je ?

Tous.

Grace, grace pour Abdalla.

LE CALIFE, (*avec attendrissement.*)

Relevez-vous, mes amis, relevez-vous. (*à Arlequin.*) Et toi, daigne me pardonner l'effroi que j'ai pu te causer. Moi, te faire périr ? Non, jamais. Tu viens de m'ouvrir les yeux sur ce que je dois à mon peuple, sur ce que je me dois à moi-même. Tu m'as donné une grande leçon; j'en avais besoin, et j'espere en profiter. Je te dois beaucoup. Tout ce que je pourrais t'offrir, ne saurait payer une seule de tes actions. Comment m'acquitter avec toi ?

ARLEQUIN.

Moi, *S*eigneur ? Mais vous ne me devez rien... Vous m'avez promis de me faire passer en France avec ma chere Zirza.... A présent qu'elle veut bien me reconnaître, daignez, Seigneur, tenir votre parole.

ZIRZA.

Je ne t'ai jamais méconnu, mon cher Abdalla; ce n'était qu'une feinte.

ARLEQUIN.

Vous avez eu tort, ma chere amie, de me jouer ce tour-là; ça m'a fait tant de chagrin, que j'avais résolu de m'étouffer pour m'empêcher de souffrir plus long-tems.

ZIRZA.

On m'avait ordonné de le faire, et je devais obéir.

LE CALIFE.

Il est vrai; le tout s'est fait par mon ordre. Mesrour, j'approuve la conduite qu'a tenu Abdalla pendant sa régence. Tu doubleras seulement les sommes qu'il a destinées à ceux qu'il a rendus libres. Fais-les venir.

MESROUR.

Oui, Seigneur.

SCENE X.

Le Calife, Zélime, Fatmé, Zirza, Grands de la Cour, Esclaves, Gardes, Arlequin.

LE CALIFE.

Abdalla, j'ai retardé ton dîner ; je veux réparer cette faute, en partageant le mien avec toi et les braves gens que, d'après tes ordres, j'ai fait mettre en liberté.

ARLEQUIN.

N.° 23. AIR :

A table avec ma bonne amie,
Entouré de braves Français,
Je vais éloigner à jamais
De ces lieux la mélancolie.
La gaieté succede au chagrin ;
L'amour, le plaisir, la tendresse
Vont faire naître l'allégresse ;
Mais il faut la pointe de vin.

LE CALIFE, (*bas à Arlequin.*)

Nous en aurons, et du bon.

ARLEQUIN, (*bas au Calife.*)

En ce cas, nous lui dirons deux mots.

SCENE XI, et derniere.

Les Précédens, Mesrour, un Général Français, un Capitaine de vaisseau, un Cuisinier, sous l'habit d'esclave, trois Soldats.

LE CALIFE.

Venez prendre place au banquet que j'ai fait préparer. Hassan, je te charge des détails de cette fête : je veux qu'elle soit brillante, que les jeux et les ris habitent en ce palais. Demain, mes amis, vous partirez pour la France.

ABDALLA.

Oh ! pour le coup, il n'y a plus à s'en dédire : nous reverrons Paris avant peu. (*à Hassan.*) Que ne puis-je, mon cher maitre, vous y voir et vous y servir encore !

HASSAN.

Sois heureux, profite des dons du Calife, et souviens-toi qu'on ne jouit jamais de la vraie félicité, qu'en sachant faire usage de son bien ; et que le plus bel usage qu'on en peut faire, est de soulager les indigens.

L'ESCLAVE, (*au Calife.*)

Seigneur, tout est prêt, ainsi que vous l'avez ordonné.

LE CALIFE.

Venez, mes amis.

(*Pendant cette derniere Scene, quatre Esclaves ôtent la table qu'ils avaient apportée pour Arlequin. A la fin du couplet précédent, le Calife donne la main à Zirza et la fait passer par la porte du milieu. Tout le monde les suit. Le Théâtre libre, la Scene change à vue, et offre aux yeux des Spectateurs les principaux Personnages de la Piece, à table avec le Calife et ses femmes. Pendant le repas, une fête s'exécute au son de tous les instrumens, et la Piece finit par un ballet général.*)

FIN.

CESSION.

Je soussigné TOLMER, *dit* VALLIER, Propriétaire de l'ouvrage suivant, dont je suis Auteur, et ayant pour titre, *Arlequin, Calife de Bagdad, Comédie en prose et en deux actes, mêlée de danses et de musique*, cede et transporte au citoyen BRIGOT, Imprimeur-Libraire à Rheims, et ses ayant cause, et à toujours, ma propriété dans l'ouvrage ci-dessus, (me réservant seulement les droits d'Auteur pour les Représentations) pour par lui et ses ayant cause en jouir en mon lieu et place, suivant les conventions faites entre nous, à Rheims, le 16 Germinal, an 8 de la République Française.

TOLMER VALLIER.

NOTA. *Ayant satisfait aux formalités prescrites par la Loi, je déclare que je poursuivrai devant les Tribunaux tout contrefacteur de cet ouvrage, dont les exemplaires porteront ma signature.*

130

www.ingramcontent.com/pod-product-compliance
Ingram Content Group UK Ltd.
Pitfield, Milton Keynes, MK11 3LW, UK
UKHW020354220726
13923UKWH00004B/1630